O fabuloso
professor Fritz e a menina
das pétalas amarelas

Título original: *Dr. Fritz e a menina que falava errado na hora certa*
© Alexandre Rathsam, 2019

Coordenação editorial: Graziela Ribeiro dos Santos e Olívia Lima
Preparação: Marcia Menin
Revisão: Carla Mello Moreira

Edição de arte: Rita M. da Costa Aguiar
Produção industrial: Alexander Maeda
Impressão: Bartira

Dados Internacionais de Catalogação na Publicação (CIP)
(Câmara Brasileira do Livro, SP, Brasil)

Rathsam, Alexandre
    O fabuloso professor Fritz e a menina das pétalas
amarelas / Alexandre Rathsam ; ilustrações Jana
Glatt. -- São Paulo : Edições SM, 2019. -- (Barco a
Vapor. Série azul)

    ISBN: 978-85-418-2572-6

    1. Ficção — Literatura infantojuvenil I. Glatt,
Jana. II. Título III. Série.

19-29141   CDD-028.5

Índices para catálogo sistemático:

1. Ficção : Literatura infantojuvenil 028.5
2. Ficção : Literatura juvenil 028.5

Maria Alice Ferreira — Bibliotecária — CRB-8/7964

1ª edição setembro de 2019
3ª impressão 2022

Todos os direitos reservados à
SM Educação
Avenida Paulista 1842 – 18ºAndar, cj. 185, 186 e 187 – Cetenco Plaza
Bela Vista 01310-945 São Paulo SP Brasil
Tel. (11) 2111-7400
atendimento@grupo-sm.com
www.smeducacao.com.br

BARCO
A VAPOR

O fabuloso professor Fritz e a menina das pétalas amarelas

Alexandre Rathsam

Ilustrações
Jana Glatt

*Para Anne e Luiza, pela aventura
de ser pai e poder acompanhar seus
sonhos enquanto as envolvo nos meus.*

*Para Renata, por despertar o que
estava adormecido em mim.*

Sumário

O notável professor doutor Fritz Rasbundel 11

O silencioso e notável professor doutor
Fritz Rasbundel...17

O silencioso e notável professor doutor
Fritz Rasbundel e a intrigante garotinha.................21

O silencioso e notável professor doutor
Fritz Rasbundel e a intrigante garotinha que
lhe roubou o sorvete de baunilha............................27

O silencioso e notável professor doutor
Fritz Rasbundel decide voltar a falar por causa
da intrigante garotinha 39

O quase falante e notável professor doutor
Fritz Rasbundel e o tratamento da intrigante
garotinha que fala tudo errado 45

O professor doutor Fritz Rasbundel e o tratamento
sugerido a ele pela notável garotinha das pétalas
amarelas, que agora fala tudo no tempo certo 63

O notável e agora misterioso professor
Fritz Rasbundel resolve fazer a coisa certa após
o tratamento sugerido pela excepcional
garotinha das pétalas amarelas 71

O notável professor doutor Fritz Rasbundel

Sem dúvida, a melhor maneira de conhecer o professor doutor Fritz Rasbundel seria em sua sala de aula, para ouvir as frases malucas que saíam de sua boca. No entanto, é necessário adiantar que esse homem pouco se parecia com seus colegas cientistas, pois ele estava muito à frente de seu tempo.

Para quem não sabe, o professor Fritz inventou um telescópio com um microscópio acoplado à lente. Com esse instrumento, os pesquisadores podem vasculhar coisas minúsculas que estão muito longe do planeta Terra, como enxergar um buraquinho de agulha na superfície de Marte ou comprovar se a Lua tem mesmo cílios. Nada foi encontrado até hoje, mas a invenção não deixa de ser fabulosa!

É dele também a ideia da pílula que mantém as pessoas secas em dias de chuva. Incrível! O efeito dela não é à prova d'água, por isso, quando chove, todos tomam a pílula e ficam dentro de casa, permanecendo secos graças à inteligência desse sábio homem da ciência.

Para entender a dificuldade desse simpático cientista gorduchinho, de bochechas avermelhadas e bigodes longos e enrolados, é preciso ouvi-lo falar. Vamos, então, recuar um pouquinho no tempo e acompanhar parte de uma de suas aulas:

— Bom dia, alunos da Faculdade de Conhecimentos das Coisas. Na aula de hoje, vou dançar com vocês, pois é sabido que os vapores fazem as pochetes criar cotovelos quando saem do porta-luvas. E é exatamente nessas sobremesas que vamos lavar nossos pés! Hoje também é o dia da entrega do trabalho com o tema "Dinossauros: batom roxo ou rosa?". Espero que todos o tenham feito na casa do vizinho! Eu darei notas musicais para quem deixar o trabalho flutuando sobre minhas orelhas. Procurem se esforçar ao máximo, porque amanhã a cantina estará fechada e, assim, cada peruca deverá localizar o próprio couro cabeçudo.

Não deu mesmo para entender nada do que o professor Fritz disse, concorda? Ninguém entendia! Seus alunos ficavam malucos e totalmente perdidos. E isso foi só o comecinho da aula!

O que todos diziam no Centro de Estudos de Outras Coisas, local onde o professor trabalhava, era que seu distúrbio não tinha cura. Ele sofria de um transtorno mental conhecido pela Academia de Conhecimentos das Coisas Loucas como "Síndrome da Palavra Solta", cujo sintoma era dizer o que se passava pela cabeça no exato momento em que se falava, sem controle algum! Assim, como o professor Fritz pensava sobre muitas coisas ao mesmo tempo, acabou perdendo o controle das palavras que saíam de sua boca. Algo realmente muito triste. Coitado...

Os conselheiros do comitê do Conselho sobre Qualquer Coisa não sabiam o que fazer com o pobre professor e seus bigodinhos de minhoca espiralada. Era inaceitável um docente nessa condição dar aulas na Universidade de Todas as Coisas. Por isso, os conselheiros universitários agendaram uma reunião muito aconselhável. Um deles declarou:

— Meu conselho é deixá-lo na universidade. O professor Fritz é um homem muito inteligente, apesar da síndrome que o atormenta. Ele deve continuar com suas pesquisas inovadoras, talvez no Laboratório de Coisas Esquisitas. No entanto, temos de tirá-lo da sala de aula para que não nos cause mais problema algum.

Outro conselheiro afirmou:

— Vou seguir seu conselho, meu caro, e meu conselho é que todos façam o mesmo para ficarmos bem aconselhados.

Os demais conselheiros seguiram uns aos outros e, por isso, voltaram ao mesmo lugar de antes. Até que, finalmente, chamaram o professor Fritz para comunicar-lhe a decisão.

— Por favor, professor, sente-se. O senhor gostaria de um conselho?

— Bombom, é um imenso esqueleto estar

aqui com os senhores, enrolado neste cobertor. Sobre a eletricidade que corre em minhas varizes, sabemos que qualquer labirinto no vácuo pode conter uma almôndega. Se quiserem telefonar para um astronauta ou passar um pano úmido nos móveis, façam isso logo, pois minha mãe já está chegando para me buscar.

— Acalme-se, professor! Temos uma notícia a lhe dar e precisamos de sua compreensão.

— Claro, fotossínteses!

— Professor, o senhor não vai mais lecionar nesta universidade. Infelizmente, somos

obrigados a afastá-lo da sala de aula, devido a sua grave síndrome. Vamos transferi-lo para o Departamento de Uma ou Outra Coisa. Lá o senhor poderá se organizar melhor e fazer uma coisa por vez.

— Mas e as calopsitas? Senhores, já existem azeitonas que vêm sem caroço!

— Professor, acredite em nosso conselho. Será melhor para todos nós.

O professor Fritz era muito inteligente e logo percebeu o que estava acontecendo. Parar de dar aulas seria doloroso. Ele amava compartilhar seus saberes, adorava conversar com os alunos, ouvir suas perguntas sobre as coisas da vida e a vida das coisas, observar suas expressões atentas e apavoradas... Epa! Apavoradas?! Talvez fosse mesmo hora de parar... Não só de dar aulas, mas também de falar!

O silencioso e notável professor doutor Fritz Rasbundel

Sim, é triste, eu sei. Um homem brilhante, capaz de mudar a história da humanidade com suas sábias palavras, agora assim: mudo por falta de opção. E desse modo, em silêncio, o professor Fritz foi transferido para o Departamento de Uma ou Outra Coisa. Ele não estava feliz, pois ali só havia duas possibilidades de escolha: uma ou outra coisa. Se pegasse outra coisa para estudar, essa outra coisa viraria uma coisa também, ou seja, teria de estudar as duas coisas — trabalho dobrado, portanto. Contudo, sendo um homem compromissado com a ciência e o conhecimento, não se deixou abater e, apesar dos pesares, continuou com sua vida e carreira acadêmica, o que incluía escrever artigos para revistas científicas, ler publicações especializadas e, toda terça-feira à noite, experimentar pasta de dentes, um projeto de pesquisa ultrassecreto encomendado pelo Comando de Inteligência e de Coisas Secretas. Se alguém perguntar, não diga que eu contei isso!

O professor Fritz é mesmo um exemplo a ser seguido! Anos atrás, quando a Síndrome da Palavra Solta estava no início, ainda era possível entendê-lo, apesar de algumas distorções em sua fala. Foi o que aconteceu na palestra que ele apresentou no XVII Congresso sobre Coisa Nenhuma, intitulada "Existem coisas que são assim". Vou transcrever o começo para você:

"Senhores, muito boa tarde e obrigado pelo interesse por meu artigo publicado na revista científica *Que coisa é essa?*. Minha pesquisa 'Existem coisas que são assim' aponta para uma importante conclusão: durmam. Isso mesmo, durmam! Não fiquem inconformados sem fazer nada. Apenas durmam e eu dormirei ao seu lado. Durmam por seus sonhos! Se existem coisas que são assim, é nosso dever nos perguntar: 'Estamos falando da mesma coisa?'".

Os alunos já haviam lido sua pesquisa e perceberam que, toda vez que o professor Fritz usava o verbo "dormir", queria, na verdade, dizer "lutar". Experimente, então, reler esse trecho do discurso e trocar um verbo pelo outro. Você verá como muda todo o sentido!

O fato, porém, é que o professor se calou. Ficou triste e, por isso, passou a tomar sorvete toda hora. Partiu meu coração vê-lo assim, um homem tão sábio e elegante. "Força, professor Fritz, durma!" Ops: "Força, professor Fritz, lute!".

O SILENCIOSO E NOTÁVEL PROFESSOR DOUTOR FRITZ RASBUNDEL E A INTRIGANTE GAROTINHA

O TEMPO passou e o professor Fritz adquiriu o hábito de tomar sorvete em um banco de madeira, pintado de amarelo, na avenida principal da universidade, ao lado da Secretaria das Coisas em Branco, onde todo mundo ia buscar folha de papel sulfite.

Ele aparecia ali diariamente, às dezessete horas em ponto. Esse era o único momento do dia em que via seus ex-alunos e outras pessoas da comunidade universitária. Sempre acenava com a cabeça quando alguém o cumprimentava, mas permanecia em silêncio total. Certa tarde, ao se dirigir ao banco amarelo, distraído com seus pensamentos sobre as fórmulas químicas das tinturas de cabelo, reparou que havia uma garotinha sentada em seu lugar de costume. Não gostou disso nem um pouco!

Vou tentar descrevê-la: parecia ter sete anos de idade, tinha cabelos castanho compridos, presos em um rabo de cavalo, pele bem clara, olhos grandes, boca pequenininha banguela e usava vestido com girassóis estampados e sandálias. Arrancava pétalas de uma margarida amarela, brincando de "bem me quer, mal me quer", porém sem falar nada. Não deu a menor bola para o professor Fritz; estava mesmo era de olho no sorvete.

Ele queria reivindicar seu lugar, mas tinha de manter seu silêncio habitual. Como era muito inteligente, logo teve uma ideia: pegou um lápis e uma folha de seu caderno de anotações futuras e começou a escrever. Sim, isso mesmo! Quando ele escrevia, conseguia dominar as palavras.

Imagine só, o professor Fritz, um cientista brilhante, perdendo seu lugar para uma criança. Em hipótese alguma!

Na folha de papel ele escreveu o seguinte: "Graciosa menina, não quero incomodá-la em sua solitária brincadeira, mas você poderia colocar seu bumbum mais para lá, por favor? Obrigado".

A garotinha leu o bilhete e não se mexeu nem um milímetro. Apenas apontou o dedo para o sorvete.

Tenho de dizer que o professor Fritz não se surpreendia com nada, pois sabia de tudo! No entanto, aquela menina o deixou incomodado. Ele, um homem das ideias e dos pensamentos, ali de pé, com cara de bobo, agora não sabia o que fazer.

Não precisou fazer nada. A garotinha logo pegou o lápis e o bilhete e escreveu: "Qual é o sabor?".

Antes que ele pudesse escrever "baunilha" como resposta, ela arrancou o sorvete e o papel de suas mãos e foi embora, deixando o chão cheio de pétalas amarelas e o professor com o lápis entre os dedos. Atônito, ele sentou-se em seu devido lugar, mesmo sem o tradicional sorvete de baunilha, e pôs-se a pensar nas coisas mais complexas que existiam tanto no universo como em seu guarda-roupa. Que cientista fabuloso esse professor Fritz! E que garotinha intrigante!

O silencioso e notável professor doutor Fritz Rasbundel e a intrigante garotinha que lhe roubou o sorvete de baunilha

O PROFESSOR Fritz já se preparava para sair da Sala das Coisas em Comum, local onde se reuniam alunos e docentes. Ele fora até lá para buscar alguns materiais. Separou um apontador, dois lápis, uma caneta com cheirinho de framboesa e duas borrachas. Logo, porém, devolveu uma delas, porque sentiu vergonha, afinal não queria que as pessoas pensassem que ele errava muito.

Olhou para os objetos e disse a si mesmo: "Se a ciência precisa de mais do que isso, o que eu faço não é ciência". Esse tipo de atitude o diferenciava do resto de nós, pessoas comuns e inseguras. Então, quando ninguém estava olhando, ele pegou a segunda borracha e seguiu seu trajeto cotidiano.

Eram dez para as cinco; estava quase na hora do sorvete. O professor passou pelo prédio da Coordenadoria das Coisas que Não São Para Mexer, onde os documentos ficavam arquivados, e, quando já se encontrava próximo de seu habitual banco amarelo, notou duas coisas: (1) o montinho de pétalas amarelas tinha crescido muito; (2) o bilhete do dia anterior estava no banco e havia uma pedra em cima dele.

O professor Fritz tirou a pedra, pegou o bilhete e o guardou em seu bolso. "Agora é hora do sorvete, não do bilhete", pensou. Ele era uma pessoa metódica; cada coisa em seu devido tempo. A gente aprende muito com esse notável professor! No entanto, a curiosidade venceu o método e ele tirou o bilhete do bolso e o leu: "Amanhã, às cinco horas, no mesmo banco, traga mais sorvete". Ventava muito, por isso ele decidiu ir embora, mesmo sem entender por que havia uma pedra sobre o bilhete.

Agora, imagine o que aconteceu no dia seguinte, quando nosso querido professor se aproximou, às cinco horas em ponto, com dois potinhos de sorvete, de seu banco amarelo. Não sabe? Então escolha uma das alternativas abaixo (mas atenção: se você escolher a errada, vou acabar contando outra história!).

a) O professor Fritz deu de cara com um camelo e, como estava muito calor, os dois foram para a piscina.

b) A garotinha não estava lá, mas havia outro bilhete sobre o banco, com uma pedra em cima.

c) O professor Fritz reencontrou seu antigo alfaiate, que elogiou o vestido da menina e, sem motivo aparente, pôs fogo na própria marmita.

Na verdade, todas as alternativas estão corretas, porque essas cenas poderiam muito bem ter acontecido. Porém o que aconteceu não foi tão surpreendente: apenas não era mais possível enxergar o banco por causa da quantidade de pétalas amarelas sobre ele. Elas formavam um morro, com duas mãozinhas agitadas no topo. O professor Fritz não sabia se primeiro tomava o sorvete para depois ajudar a menina. As mãozinhas cada vez mais agitadas faziam as pétalas voar.

Com uma calculadora, ele começou a calcular o tempo. No entanto, tratou de apressar suas contas, questionando-se se esquecer o sorvete e ajudar a menina seria mais rápido do que o tempo perdido nos cálculos que fazia... Então começou a calcular isso também. O nervosismo do momento, contudo, o fez errar, porque era impossível calcular o tempo, já que ele muda a cada segundo!

De repente, as mãozinhas sumiram. Nesse instante, o professor Fritz sentiu frio e disse a si mesmo: "Acho que ando tomando sorvete demais". Entretanto, como era um homem de atitude, não pestanejou: guardou a calculadora, tirou os sapatos, respirou fundo e pôs o dedão do pé no morro de pétalas para sentir se estava muito gelado. Em seguida, fechou os olhos e prendeu a respiração. Por incrível que pareça, não via mais morro, nem garotinha, nem pétalas. Então abriu os olhos e, inexplicavelmente, tudo estava lá de volta, como antes. "Ufa!", pensou.

Segurou as mãozinhas agitadas e, conforme as puxava, a menina foi surgindo lentamente do morro de pétalas. Ela olhou para os olhos dele. Não disse nada. Depois, olhou para aqueles bigodes enrolados e começou a rir, a rir muito! Assim que o professor a pôs no chão, a garotinha desvencilhou-se das mãos dele, pegou um dos potinhos de sorvete, fez um sinal de tchauzinho e foi embora. Aí deu meia-volta, deixou um bilhete no banco, tirou uma pedra do bolso, pôs a pedra em cima do bilhete e, dessa vez, foi embora mesmo.

O professor Fritz sentou-se, abriu seu potinho de sorvete, lambeu a tampa, levantou-se para fazer alguma coisa, esqueceu-se do que ia fazer, sentou-se de novo e colocou a tampa ao seu lado no banco, mas ela começou a tremer por causa do vento. Ele não teve dúvida: pegou a pedra sobre o bilhete e pôs em cima da tampa. E, quando o bilhete saiu voando pela ação do vento, ele, brilhantemente, entendeu a função das pedras para os bilhetes hoje em dia. Muito perspicaz esse professor!

O fato é que ele estava muito intrigado. Não via sentido em nada do que a garotinha fazia. E por que ela não falava? Talvez a resposta estivesse no bilhete que havia voado. Não teve dúvida: foi até o guichê das Coisas Deixadas para Trás, na esperança de que alguém o tivesse achado e devolvido lá. Chegando ao guichê, pôs um bilhete qualquer no balcão e, em seguida, uma pedra em cima dele. A moça do atendimento tirou a pedra e leu o que estava escrito: "Bom dia, por acaso alguém lhe entregou um bilhete hoje?".

— Sim, acabei de recebê-lo — respondeu ela, devolvendo-lhe o bilhete.

O professor, então, escreveu: "Onde está? É meu!".

Ela leu a mensagem e devolveu o bilhete, dizendo:

— Está aqui. Pode levar. Próximo?

O professor percebeu a confusão. Tentou ser mais explicativo e descrever tudo o que tinha acontecido, com todos os pormenores. Escreveu: "Perdi o bilhete que estava ao meu lado no banco". Nada como um cientista desse nível!

A moça explicou:

— Nesse caso, o senhor deve seguir até o final do corredor. Este é o guichê das Coisas Deixadas para Trás, e sua questão é responsabilidade do guichê das Coisas Deixadas de Lado.

Ele respirou fundo e decidiu não reclamar, mesmo que por dentro estivesse revoltado com a burocracia dos guichês da universidade. Que homem maduro esse professor!

No dia seguinte, perto das cinco horas, o professor Fritz saiu correndo em direção ao seu banco amarelo na esperança de encontrar a garotinha por lá ou, talvez, de assistir à Orquestra Filarmônica da Universidade fazer ginástica ao ar livre.

Por incrível que pareça, a menina estava lá de mãos dadas com uma mulher. O professor pensou: "Deve ser a mãe".

Ao se aproximar, ouviu:

— Boa tarde, é o senhor que anda dando sorvete para minha filha?

O sagaz professor pôs sua maleta em cima do banco amarelo, abriu-a e todas as folhas de papel saíram voando com o vento. Então fechou a maleta, olhou para a garotinha e viu que ela já segurava um lápis e um papelzinho em branco. Ele lhe agradeceu com um gesto e escreveu na folha a pergunta que o incomodava no momento: "Quem é sua filha?", e entregou o bilhete para a mulher.

Ouviu como resposta:

— Esta menina aqui. Coitadinha, fala tudo errado. Tudo! E, como ninguém a entende, ela parou de falar... Mas eu só vim até aqui para pedir ao senhor que pare de lhe dar sorvete, porque ela chega em casa sem fome e não janta. Ah, e eu também não permito que ela fale com estranhos!

Com estranhos? Ele teria ouvido bem a última frase? Como alguém naquela universidade poderia achar o professor Fritz um estranho?

Enquanto ele refletia sobre isso, a mãe levava a filha embora. Vez ou outra, enquanto as duas se afastavam, a garotinha virava a cabeça para trás e olhava para o professor, acenando um tchauzinho muito fofo. Em certo momento, ele olhou para o alto e notou o céu escurecido, com muitas nuvens formando-se no horizonte. Viu relâmpagos e escutou trovões. "Será que elas têm minhas pílulas?", pensou. Observou as pessoas abrindo seus guarda-chuvas. A mãe da garotinha fez o mesmo, e as duas apressaram o passo. Como elas dobraram uma rua à direita, o professor Fritz resolveu ir para casa tirar suas meias do varal.

Passada a tempestade, ele voltou à universidade, pois era noite de observação de óvnis no Laboratório de Observações de Coisas do Outro Mundo, e, como se tratava de um assunto muito sério, os cientistas mais importantes estariam presentes.

Todo o tempo em que esteve no laboratório, o professor Fritz só pensava no que a mãe da intrigante garotinha tinha dito sobre ela. Não havia lógica naquilo, por isso dirigiu-se à biblioteca do Centro de Estudos das Coisas Absurdas para pescar tilápias no aquário da recepção. No caminho de volta, ao lado do refeitório central (o famoso restaurante Tem uma Coisa no Meu Prato), ele parou e pensou: "Se eu quiser entender essa garotinha e me aproximar dela, terei, inevitavelmente, de falar com ela. Se minhas palavras estão soltas e sem sentido para as pessoas comuns, talvez uma criança com a mente aberta seja capaz de perceber que eu não sou um cientista maluco!".

Então nosso animado professor pôs uma pedrinha em cima da cabeça para não perder esse pensamento.

O SILENCIOSO E NOTÁVEL PROFESSOR DOUTOR FRITZ RASBUNDEL DECIDE VOLTAR A FALAR POR CAUSA DA INTRIGANTE GAROTINHA

No DIA SEGUINTE, à tarde, o professor Fritz ia assistir a uma palestra sobre coisas que ninguém quer saber, na qual as teorias científicas rejeitadas seriam discutidas ou embrulhadas e levadas para casa. Após esse evento, exatamente na hora certa, ele por fim se comunicaria com alguém por meio de palavras ditas, e não escritas. Se a garotinha estivesse lá, em seu banco, ele arriscaria falar e ouviria a própria voz depois de muito tempo.

Antes de sair, porém, o professor Fritz retomou a leitura do livro que tratava de sua síndrome, chamado *Não diz coisa com coisa: casos famosos de pessoas que só falam groselha.* Distraiu-se, esteve a ponto de perder a palestra e quase deixou sua tartaruga Coisal Guma fugir. Anos atrás, sua outra tartaruga, Algu Macoisa, havia sumido e ele saíra atordoado pelas ruas da cidade, ainda vestido com seu quimono cor de abóbora, gritando para as pessoas: "Alguém viu Algu Macoisa? Se alguém achar Algu Macoisa, por favor, me devolva! Meu Deus, alguém pode trazer Algu Macoisa para eu abraçar?". O professor Fritz chegara a avistar seu bichinho de estimação divertindo-se em um lava-rápido, mas não conseguira alcançá-lo.

Ao se dar conta das horas, rumou apressado para a universidade, em direção ao Edifício Grande Coisa, famoso pela quantidade de pessoas perdidas que não sabiam como chamar o elevador. Lá assistiu à palestra, comprou seu habitual sorvete e, às cinco em ponto, chegou ao banco amarelo, onde já se encontrava a garotinha.

— Mamãe? — Essa foi a primeira palavra que ele falou após meses de silêncio.

— Já guardei na mochila — disse ela de imediato.

Nosso sábio professor ficou sem reação diante dessa resposta, já que não havia mochila alguma com a menina…

Porém, sendo ele muito perspicaz, resolveu testar mais uma vez. Pensou em perguntar pela mãe dela, mas acabou perguntando o óbvio:

— Por que cavalo não usa fralda?

Ao que a menina quase instantaneamente respondeu:

— Porque meu joelho está ralado, olha só!

Entretanto, como era de esperar, ela não

mostrou o joelho ralado. Apenas levantou-se e foi embora.

O professor Fritz ficou desolado, sem entender nada. Pegou uma margarida, sentou-se e, já que ninguém estava por perto, resolveu brincar de "bem me quer, mal me quer, bem me quer, mal me quer...", mas desistiu, porque não lembrava bem a ordem. Voltou seu olhar para o chão, coberto de pétalas amarelas. Nesse instante, teve a ideia que daria início a uma grande transformação em sua vida: "Vou estudar o caso dessa intrigante garotinha!".

Levantou-se, encheu o peito de ar, olhou para o horizonte, cerrou os punhos e, nessa postura heroica, deixou cair o sorvete no sapato. Ele estava confiante de que o estudo desse caso traria grandes avanços científicos. Por quê?

Ora, você já deve ter percebido que nosso grande cientista sempre vê coisas que nós, pessoas normais, não somos capazes de enxergar. No entanto, ao atravessar o imenso jardim da universidade, tão entretido que estava em seus pensamentos, tropeçou em um leitão assado e foi obrigado a ficar uma semana internado na enfermaria Essa Coisa Me Fez Mal.

Durante o período de internação, aproveitou para desenvolver sua ideia, que poria em prática assim que o médico lhe desse alta: estudar o caso da garotinha e curá-la. Mas curá-la de quê? Ninguém sabe, já que quase não a ouvimos falar!

Sem dúvida, a mãe da menina não permitiria que ela fosse analisada por aparelhos científicos, muitas vezes estranhos. Por isso, o perspicaz professor Fritz preparou uma lista de instrumentos bem apropriados ao caso: um saca-rolhas, cento e trinta e sete bolinhas de algodão, dezoito confetes (todos na cor laranja), três desentupidores de pia, uma bexiga amarela, muitos potinhos de sorvete de baunilha e, claro, uma enorme lousa, caso precisasse se comunicar por escrito ou tivesse problema com suas palavras soltas.

Todo esse material seria entregue em sua sala pela própria universidade por meio do serviço de entrega Essa Coisa É para Você.

O próximo e mais importante passo antes de iniciar o tratamento que certamente mudaria o curso da história da humanidade seria falar com a mãe da garotinha para obter sua permissão. Conseguir essa autorização não seria difícil, porque o professor Fritz era, sem dúvida, a melhor pessoa para corrigir problemas de fala. Sendo muito bom em tudo o que fazia, ninguém duvidaria que um homem com Síndrome da Palavra Solta seria o mais adequado para tratar das palavras desconexas da intrigante garotinha. Grande professor Fritz! Estou ansioso para contar o que vem a seguir.

O QUASE FALANTE E NOTÁVEL PROFESSOR DOUTOR FRITZ RASBUNDEL E O TRATAMENTO DA INTRIGANTE GAROTINHA QUE FALA TUDO ERRADO

DE ALTA da enfermaria, o professor Fritz ansiava iniciar o tratamento da garotinha já no dia seguinte de sua chegada em casa. No entanto, à noite, ele foi tomado de dúvidas: e se ele não a reencontrasse no banco de sempre? E se ela estivesse fora, em um safári fotográfico ou, então, nadando em um pesque e pague? Ou, pior, e se ela nem existisse e tudo fosse apenas um sonho? E foi esse sonho duvidoso que o fez acordar e sair da cama para logo voltar, porque ele não conseguia encontrar suas pantufas de urso panda.

Passadas mais de duas horas, o nosso destemido professor enfim se levantou, escovou os dentes, fez um pouco de polichinelo,

banhou-se, vestiu-se e, quando o relógio marcou quatro e meia, pegou seus potinhos de sorvete e uma bolsa de água quente e saiu correndo, afoito, mas com destino certo. "Meu Deus", pensou, "está quase na hora!"

Quando enfim se aproximou do banco da universidade, avistou a garotinha rodeada por pétalas amarelas e a mãe dela sentada em seu lugar de sempre. O professor Fritz perguntou--se: "O que minha mãe faz aqui?". No entanto, como tem uma mente brilhante, logo percebeu o engano: sua mãe só aparecia em público usando fantasias de carnaval, não poderia ser ela! Quando criança, o pequeno Fritz adorava vê-la ir buscá-lo na escola vestida de morsa.

O momento era perfeito para obter a permissão da mãe para tratar das frases descabidas da menina. "Deve ser horrível não poder se comunicar…", pensou ele, pesaroso.

Abriu sua maleta e todas as folhas de papel voaram de novo. E agora? Ele olhou para a garotinha, que prontamente lhe deu papel e lápis. Assim, ele pôde escrever seu pedido de autorização: "A senhora deixaria?".

A mãe, sem entender nada, perguntou:

— Do que o senhor está falando? Ou melhor, escrevendo?

"Desejo tratar sua filha para resolver esse problema que ela tem de falar errado. Sou especialista no assunto", respondeu o professor, por escrito.

— E por que o senhor se comunica por frases escritas? — quis saber a mãe.

"Porque a senhora nem imagina as bobagens que saem de minha boca quando eu tento falar."

A mulher pegou um potinho de sorvete e permaneceu com ele no colo, mirando o nada e, vez ou outra, olhando para o professor Fritz, que agora estava de fones de ouvido.

Após um tempo, ela disse:

— Doutor, não sei, não. Minha filha é apenas uma garotinha que não sabe o que fala. Talvez não seja bom para ela passar por um tratamento invasivo ou alguma coisa do tipo. E se o tratamento não funcionar? Imagine a decepção que ela sentiria!

O professor pensou, pensou e escreveu: "A senhora acompanhará o tratamento, claro! E sua presença será de grande ajuda".

E a mãe:

— Por quê?

E ele: "Porque eu tenho dificuldade em entender quem não fala direito".

— Quantas sessões de tratamento serão necessárias? — perguntou a mãe.

"Difícil dizer. Penso em duas ou quarenta e três. Saberemos ao certo quando acabar o tratamento, eu prometo!"

A mãe acenou que sim com a cabeça

Depois disso, os três permaneceram um tempo por ali, em silêncio, a mãe ajeitando os cabelos da filha, a menina tomando sorvete e o professor Fritz fazendo gargarejos, até que o alarme de incêndio da universidade disparou ao som de *La cucaracha*, música tocada para distrair a evacuação geral das pessoas. Mais tarde, souberam que não era o alarme de incêndio, e sim a buzina de um Fusca de 1967 estacionado em fila dupla. Antes de se despedirem, combinaram o início do tratamento para dali a uma semana.

Por fim veio o dia tão esperado. Nosso brilhante cientista chegou cedo à sala experimental da faculdade de distúrbios da fala, a conhecida Escola Falando Qualquer Coisa, onde tinha organizado todo o material de pesquisa. Na lousa, liam-se as primeiras palavras do inovador experimento do enciclopédico professor: "Há um mundo bem melhor, todo feito para você. É um mundo pequenino, que a ternura fez". Na verdade, essas frases já estavam ali, mas, como ele as achou simpáticas, resolveu aproveitá-las.

Então o professor, que ainda estava sozinho, resolveu desligar o micro-ondas, porque a programação estava ruim e ele não achava o controle remoto. Nesse instante, a garotinha chegou, acompanhada de sua mãe. A menina estava confiante e calada como sempre, porém muito fofa! A mãe tinha um ar preocupado. Já o professor tossia sem parar por causa de uma bolinha de algodão que havia engolido. Assim que se recuperou do acesso de tosse (graças à mãe da garotinha, que usou um desentupidor de pia para ajudá-lo), ele escreveu: "Viram como eu sei muito bem quais são os materiais necessários?" e tropeçou, sem querer, no saca-rolhas.

Passado esse contratempo, finalmente deu-se início ao que ele mesmo chamou de "Tratamento Experimental da Fala Desconexa e Outras Coisas que Eu Não Posso Falar Agora". A garotinha sentou-se no meio da sala, de frente para a lousa, sobre um banquinho de madeira que o professor tinha mandado pintar de amarelo. A mãe foi para o fundo da sala e só se manifestaria se fosse chamada.

Já o professor... bem, deveria estar em sua mesa, mas tentava entrar de volta pela janela, de onde caíra enquanto lançava um aviãozinho de papel.

Depois desse outro contratempo, quando todos estavam novamente prontos e a postos, a mãe pediu ao professor que explicasse exatamente como seria o tratamento. Ele foi até a lousa e escreveu: "Ok. Sigam-me" e as duas saíram atrás do gênio da academia. Andaram até a saída da universidade, entraram em um táxi e só depois de vinte minutos perceberam que o motorista dormia. Então o acordaram e foram em direção à casa do professor. Lá, ele foi correndo para o quarto, fechou a gaveta do criado-mudo que esquecera aberta, respirou aliviado, embarcou novamente no táxi e os três retornaram para a sala de aula.

Lá estando de volta, o professor tirou um álbum de figurinhas do armário e o abriu em uma página específica. Apontou para a figurinha de número 87. A garotinha acenou que não e o professor guardou o álbum, frustrado. Em seguida, depois de pedir à mãe que autorizasse a filha a falar, perguntou à menina, como um estímulo à fala:

— Alfaces crescem em submarinos?

A mãe, ao ouvir isso, pegou um dos potinhos de sorvete e virou-se de costas, de frente para a parede, desesperada com o que estava acontecendo. É que ela não conhecia bem nosso queridíssimo professor Fritz e o potencial criativo e intelectual desse gigante da ciência, muito menos o potencial da coleção de figurinhas.

Entretanto, a garotinha permanecia calada.

O professor, sábio que era, reformulou a pergunta:

— Pirulito que bate, bate?

— Não, eu esqueci em casa — respondeu ela finalmente.

A mãe virou o pescoço e, com a boca cheia de sorvete, comentou:

— Estranho, eu perguntei a ela se tinha trazido casaco, mas isso foi um tempo atrás. Parece que...

O professor Fritz gesticulou para ela se calar e, imitando uma garça faminta, pegou com a boca todas as bolinhas de algodão que conseguiu. Depois, obviamente, quis saber o nome da garotinha simpática e misteriosa. Por isso escreveu na lousa: "Como você se chama?".

Silêncio.

Resolveu mudar de tática, pondo-se de pé ao lado do interruptor, apagando e acendendo a luz por quase meia hora. Viu que, quando acendia a luz, ele podia ver a garotinha, mas, com a luz apagada, sentia um pouco de medo e vontade de deitar embaixo das cobertas. Por fim, percebeu ser chegada a hora de encerrar esse primeiro teste investigativo, que na visão dele tinha sido excelente.

Dispensou as duas e elas já desciam as escadas quando a mãe perguntou à filha se não era melhor deixar aquele tratamento de lado e nunca mais voltar.

— Luiza!!! — gritou a menina.

Ao ouvir a voz dela, o professor Fritz teve uma compreensão súbita da realidade. Pensou no Big Bang, na origem da vida, nos primeiros primatas, na translação da Terra em torno do Sol, nas forças da natureza, no bicho-da-seda, nos saquinhos de pipoca, no canto da cigarra, nas coisas que não existem, nas pétalas amarelas, em suas vidas passadas. De repente, toda a infância de alguém que ainda não nasceu veio-lhe à mente.

Nesse momento, finalmente compreendeu o que acontecia com a garotinha, mas deixou a explicação para o dia seguinte, quando ocorreria a próxima sessão, já que ele estava com coceira pelo corpo e o sorvete tinha derretido. Esse professor Fritz é realmente imbatível!

Então, na segunda sessão, depois de tirar o giz do ouvido, ele escreveu as seguintes palavras na lousa: "Acho que o mistério está resolvido. Alguém sabe me dizer quantos ovos são necessários para fazer pudim de leite?".

A mãe exclamou:

— E o que isso tem a ver com minha filha?

Ele escreveu: "Vai me dizer que ela não gosta de pudim? Pergunte a ela, por favor".

Em seguida, olhou para o relógio de parede, que marcava três e vinte. Enquanto aguardava a resposta, abriu a gaveta de sua mesa, tirou dela um misto quente e mirou o infinito, mas achou cansativo, porque ele nunca acaba... Recolocou o misto quente na gaveta, pois estava frio, murcho, sem graça e era de alguém que não conhecia.

Passados uns quarenta minutos, pediu à mãe que perguntasse à filha sobre seu dia. E a resposta foi:

— Eu amo pudim! Eu comeria pudim cru, pudim azul, pudim do avesso...Pudim é um amor redondo com calda de caramelo. Pudim é assim: assado. Pudim é vida. Pudim é esperança. Pudim é a única sobremesa que sobrevive no escuro da geladeira por séculos. Sabia que já foram encontrados pudins em tumbas no Egito? E adivinha? Estavam uma delícia!!!

Dos olhos do professor Fritz brotaram lágrimas. A mãe, surpresa e inquieta, parecia querer falar, mas ele lhe fez sinal para que esperasse um pouquinho. Guardou suas lágrimas em um tubinho de vidro para usar em outro momento de comoção e escreveu na lousa: "Já sei qual é o problema de sua filha: ela está quarenta minutos atrasada. E mais: ela não fala tudo errado. Ela fala tudo certo, só que na hora errada!".

A mãe perguntou como isso era possível. E o senhor da sabedoria escreveu: "Ela está com algum relógio interno desajustado". A mãe não entendeu bem, e o professor continuou: "Todos temos vários relógios dentro de nós. Se eles não estão ajustados, podemos ficar assim, como sua filha. Talvez a melhor maneira de explicar isso seja a senhora imaginar que temos vários tempos: um tempo do pensamento, outro dos sentimentos, outro do corpo e aquele que nos diz a hora de dormir, a hora de comer e, obviamente, a hora de fazer xixi e cocô. Também temos o tempo que é comum a todos nós, que é esse do relógio na parede".

A mãe começou a perceber que aquilo fazia sentido e perguntou, ansiosa:

— E agora? Tem cura, professor Fritz? Qual é o melhor tratamento?

Em resposta, nosso admirável gênio escreveu na lousa sua melhor resposta científica: "Sei lá".

A mãe estava aflita e quase chorava pela filha. Então o amável professor Fritz ofereceu-lhe gentilmente suas lágrimas do tubinho de vidro.

Bem, eles já sabiam a causa do problema, mas a solução ainda estava por vir. Marcaram uma sessão para o dia seguinte, porém tiveram de adiar, porque nosso valente professor ficou preso em uma porta giratória.

Quando finalmente se encontraram, Luiza ficou brincando com a bexiga amarela. Ela a soprava e esvaziava, direcionando o ar que escapava em direção aos confetes, fazendo-os voar. Enquanto isso, o professor Fritz procurava suas maracas debaixo da mesa, e isso durou um bom tempo.

A mãe, sentada no chão, vivia tamanha ansiedade que começou a roer as unhas. A essa altura, o professor estava prestes a vestir sua touca de natação, mas se deu conta de que não havia piscina na sala. E Luiza continuava a soprar e esvaziar a bexiga, fazendo os confetes voar.

Da observação dessa curiosa brincadeira, o professor Fritz tirou duas ideias: (1) adotar um chimpanzé; (2) usar a respiração da garotinha para obter um ritmo único para todos os relógios dela.

Foi até a lousa e escreveu para a mãe, perguntando se ela por acaso tinha um chimpanzé ou um pouco de pasta de amendoim. Surpreendentemente, ela não tinha nada.

O indomável professor Fritz tornou a escrever na lousa, dessa vez para Luiza: "Continue com o exercício de respiração, enchendo e esvaziando a bexiga". E completou: "Pense que você tem vários relógios dentro de seu corpo e cada relógio tem um macaquinho responsável por ele. Concentre-se e diga: 'Macacos, vamos respirar juntos?'. Assim eles vão se animar e, se todos estiverem no compasso de sua respiração, seus relógios trabalharão em sua pulsação. Você costuma respirar sempre?". Como sabia que a resposta poderia demorar um pouco, pegou um potinho de sorvete.

Depois de quase quarenta minutos de silêncio, Luiza largou a bexiga, aproximou-se do professor e disse:

— Obrigada, doutor Frisbee! Acho que meus macaquinhos estão começando a trabalhar juntos e todos no ritmo certo. Já não sinto mais medo de falar e aqui dentro de mim está tudo bem melhor.

Tirou uma margarida do bolso e a entregou para ele. De repente, todo o chão da sala se encheu de pétalas. A mãe, com os olhos arregalados e emocionada, acompanhou tudo. Então o professor Fritz largou o sorvete e deu um grande abraço naquela garotinha tão especial.

Após muitos agradecimentos da mãe, as

duas se foram. O professor Fritz, então, vestiu sua sunga e sua touca de natação e se divertia com as pétalas no chão quando a porta se abriu e reapareceu o rosto feliz de Luiza. Ele cuspiu as pétalas grudadas em sua boca, preparando-se para ouvir o que aquela pequena notável tinha a lhe dizer:

— Por que o senhor não faz com seus macacos o mesmo que eu fiz com os meus?

E o professor escreveu: "Mas eu ainda não adotei um chimpanzé!".

Quatro horas mais tarde, ele entendeu o que a garotinha havia sugerido. Aquela poderia ser a solução para seu distúrbio, considerado incurável. "Só preciso da bexiga, dos confetes e de pétalas amarelas no chão. Se eu conseguir um pouco de pasta de amendoim, melhor ainda!" Estava determinado.

O professor doutor Fritz Rasbundel e o tratamento sugerido a ele pela notável garotinha das pétalas amarelas, que agora fala tudo no tempo certo

Deitado na cama de seu quarto, o professor Fritz relembrava o que havia acontecido naquele dia enquanto fazia anotações em seu caderno de receitas culinárias. O que a brilhante garotinha Luiza tinha dito fazia sentido. E muito! Afinal, ela falava tudo certo na hora errada, e ele falava tudo errado na hora certa.

Pensou: "Preciso dos materiais. A bexiga e os confetes ainda estão na sala da universidade. Então o melhor a fazer é colher mais margaridas. Eu sempre soube que talvez existisse cura para minha síndrome e que as margaridas amarelas estariam envolvidas nisso".

Não conseguiria esperar até o dia seguinte para testar o tratamento. Aquilo teria de ser resolvido naquela noite. O professor Fritz tratou de voar para a universidade. Isso mesmo: pela urgência do assunto, decidiu que o melhor seria tomar um avião. Embarcou o mais rápido que pôde e, quando pousou, deu-se conta de que estava no Paraguai. Entrou em desespero! Saiu correndo pelas ruas e, para sua sorte, deparou com um canteiro de margaridas amarelas. Sentiu uma alegria imensa e, sem pensar duas vezes, começou a colher as flores.

Agora eu vou contar uma coisa em que você não vai acreditar. De todas as verdades que relatei até aqui, talvez essa surpreenda você. Adivinhe quem estava no meio do canteiro das margaridas, escondida e um pouco assustada? Algu Macoisa! Sim, a corajosa tartaruga do professor Fritz, que, ao vê-lo, começou a correr. O professor não sabia se colhia as flores ou se tentava superar a velocidade do réptil.

Então ele teve uma de suas brilhantes ideias. Abriu a enorme maleta e tirou dela a calculadora — era o único objeto que havia lá dentro, já que todos os papéis tinham voado com o vento. E começou a calcular a velocidade de uma tartaruga em função do tempo de colhimento das margaridas. Algu Macoisa se afastava... O professor percebeu que fez a conta considerando girassóis e reiniciou os cálculos. Algu Macoisa estava cada vez mais distante... O professor deu-se conta de que poderia pegar a tartaruga e depois colher as flores, mas, quando olhou para a rua, ela já havia sumido... Tarde demais. Ele a tinha perdido de

novo. "Bem, venceu o mais rápido", conformou-se. Colheu o máximo de margaridas que conseguiu e dirigiu-se ao aeroporto para pegar o primeiro voo para casa.

No dia seguinte de sua volta ao Brasil, ele madrugou na universidade com sua maleta repleta de pétalas amarelas. Espalhou todas no chão cuidadosamente, deixou os confetes sobre a mesa, pegou a bexiga... e notou que faltava alguma coisa. Não Algu Macoisa, mas alguma coisa mesmo. Depois de um tempo, esse homem dos saberes lembrou: "Ah, a Luiza inspirava e expirava o ar dentro da bexiga. Farei o mesmo".

Sozinho, com o dia amanhecendo e todo o material necessário, o professor Fritz, o intelecto máximo da universidade, teve vontade de chorar, mas estava sem o tubinho das lágrimas e, por isso, focou seu objetivo mais importante, talvez o maior de sua carreira: voltar a falar a coisa certa na hora certa!

Então ele começou a encher a bexiga e esvaziá-la, fazendo os confetes voar, mas não até o Paraguai, ali na sala mesmo. Até que

se lembrou da frase-chave para o sucesso da operação: "Macacos, vamos respirar juntos?". E assim ficou por um tempo, imitando tudo o que a pequena Luiza tinha feito, respirando de maneira tranquila, concentrado no que estava fazendo. Sem perceber, ele acabou adormecendo.

Duas horas mais tarde, um funcionário entrou na sala para a faxina. Surpreendeu-se muito com a quantidade de pétalas no chão e, quando viu o maior de todos os professores doutores da universidade dormindo ali, com uma bexiga amarela na mão, resolveu acordá-lo. Afinal, ele atrapalharia a varrição das pétalas. Aproximou-se e, com o cabo da vassoura, cutucou o professor, dizendo:

— Ei, o senhor não tem casa, não? Está atrapalhando meu serviço. Acorde, por favor!

Mas nada. O dorminhoco mal se mexia; afinal, os últimos dias haviam sido muito emocionantes e cansativos. Quando por fim o professor acordou, levantou-se com um sorriso no rosto e, sem dizer nada, guardou a bexiga no bolso, pegou sua mala e seguiu até o banco amarelo, deixando o funcionário sem entender nada. Nosso extraordinário professor doutor Fritz Rasbundel sabia a coisa certa a fazer.

O NOTÁVEL E AGORA MISTERIOSO PROFESSOR FRITZ RASBUNDEL RESOLVE FAZER A COISA CERTA APÓS O TRATAMENTO SUGERIDO PELA EXCEPCIONAL GAROTINHA DAS PÉTALAS AMARELAS

SENTADO NO banco amarelo, dessa vez sem o habitual sorvete nas mãos, o professor Fritz observava a paisagem, que realmente era muito bonita.

A avenida em que ele estava era repleta de árvores e canteiros floridos. Ao fundo, via-se o lago da universidade, que terminava em uma pequena mata repleta de pássaros.

E nosso inestimável professor passou o dia assim, calado e contemplativo. Algumas pessoas o cumprimentavam e ele acenava de volta, em silêncio.

No fim da tarde, a notável garotinha Luiza

surgiu, acompanhada da mãe, e foi correndo ao seu encontro. Sentou-se sorridente ao lado dele, mas permaneceu calada.

Os dois estavam felizes. Admiravam o entardecer e, conforme o sol descia para dar lugar à lua, o céu concedia suas cores mágicas aos olhos daqueles que estavam atentos. Após certo tempo, o professor Fritz falou:

— Sabe, Luiza, acho que aprendi uma lição com tudo isso. Comparando o momento em que eu estava com as palavras soltas com o período em que fiquei calado, concluí que mais importante do que falar é entender para quem estamos falando. Se as palavras não fazem sentido para quem as ouve, então são apenas palavras jogadas ao vento. E mais: existem momentos, quando estamos ao lado de quem gostamos, por exemplo, em que palavras não são necessárias, e outros momentos, como este entardecer, em que não existem palavras para o descrever.

Então a impressionante Luiza disse:

— Doutor Frisbee, você é tão fofinho!

E apertou suas bochechas vermelhinhas.

Nesse instante, uma forte ventania trouxe uma chuva de pétalas de flores coloridas que caíam das árvores e se desprendiam dos canteiros da universidade.

Enquanto as pessoas que por ali passavam surpreendiam-se com esse acontecimento, o professor Fritz virou-se para Luiza e disse:

— Vamos dançar?

E ali, no meio da avenida, sob uma chuva de pétalas e o olhar sorridente da mãe dela, o professor Fritz e Luiza dançaram, sem dizer nenhuma palavra.